세상속으로
흐르지 못했습니다
마음에 수채화
흐르지도 비우지도 못해니
참 다행이었습니다
지금까지는.

장옥근

가을 살청

가을 살청

장옥근 시집

매혹시편
3

북치는소년

차례

제1부 · 내 안의 푸른 곳

제2부 · 온몸이 기도여서

제3부 · 뿌리에게 가는 길

제4부 · 지리산 아래 섬진강가

제1부

내 안의 푸른 곳

걷는 나무

나는 잘 있습니다
걷지 못하는 나무가 가만히 서서 봄여름 가을 겨울을 맞이합니다
빠르지도 늦지도 않게 서서히 갑니다
바라는 대로 고요합니다
아이 울음소리 돈 부딪치는 소리
개 짖는 소리 나와 내가 하는 이야기
옛날과 오늘이 만나는 소리
꽃이 피는 소리 꽃이 지는 소리
문이 열리고 닫히는 자연

섬진강 연어 떼들이 강물을 거슬러 오는 모습이 붉게 보입니다
온 힘을 꼬리에 모아 가을 햇살에 물살을 튕기며 뛰어오릅니다

나도 그렇습니다

마지막 비상

몇 차례 이사가 기억나지 않는다
별 아래 놓인 초라한 내 삶의 부스러기들이
또 어디론가 가야 할 날을 기다리고 있다
새로운 곳으로 떠나는 이사는
여전히 낯설고 외롭고 두렵고 무섭고 서럽다
이 지상 마지막 이사는
새처럼 가볍게
뒤돌아보지 않고
앉았던 자리 흔적도 없이
또 어디에서 무엇으로 살고 있을지
몸피를 줄이고 있는 요즘
날아가고 싶다

지렁이가 울 때

누군가 소리 내어 울고 있을 때
바닥을 핥는 물길은 더욱 세차고
기억을 믿을 수 없는 혼란
털어 내지 못하고
그 누군가 마음에 들어온 순간부터
고개를 숙인 적도
마음을 돌린 적도 없을 때

가을 살청

여름 강을 건너도

짙푸름 가시지 않아

무쇠솥에 들어가 푸른빛을

스스로 거두어들이고 있다

언제 가장 푸르렀는지

언제 생의 절정이었는지

그때가 있기는 한 것이었는지

그래도 나는 지금

나를 스스로, 푸른 시절을

죽이고 있다

나의 칸나

가을볕이 뜨거운 날
그의 창가에 홀로 서 있는 너를 보았지
그의 숨소리가 거칠게 흘러나와
너의 붉은 목을 감고 있었어
마른 햇살이 내리는 빈 마당 귀퉁이에 서서
이미 타들어 가고 있었지

그의 아내가 그의 손을 끌어다
탱탱한 자신의 젖무덤 위에 올려놓았을 때
젖꼭지만 서너 번 만지작거리곤 손을 떨구었대 툭
남원 스님이 일러준 대로 폐암에 걸린 그의 아내도
할아버지 봉분을 파고 항아리를 묻었다는 얘길 들었지만

그 사람보다 먼저 항아리를 묻었던 나는
다시 자라난 무덤 풀처럼 푸르게 살아나
그날의 검붉은 너를 가끔 떠올리곤 했어
사람이 가고 오는, 꽃이 피고 지는 순간과 경계를
그가 나의 칸나도 함께 가져갔음을 생각하면서

때 묻은 항아리를 묻으며 더 살고 싶다고 빌지는 않았지만

항아리가 깨질 새라 조심조심 밟았던 내 발을 보면서

낯익은 혹은 낯선

무심코 바라본 강아지풀 푸르름에 가닿거나 우연히 생을 마치는 벌 한 마리 풀 섶에 누워 떨고 있는 것을 보고 있을 때, 검은 아스팔트 위에서 오래 쓸리어 하얗게 다듬어진 조가비 하나가 나를 멀리 데려가고 땅바닥에 버려진 녹슨 열쇠 하나에서 옛날을 보는 것은 아무 일 없이 하루를 살고 있는 지금 내가, 어느 날 어느 순간을 들어 올리는 감정 없는 무심한 손을 들여다보는

오래된 책에서 떨어진 갈색 은행잎 한 장에 골똘하게 머무는 마음이나 낙서 같은 시 한 줄 바랜 어떤 날에 묻어 있는 익숙한 선율 한 자락, 도무지 기억할 수 없는 먼지처럼 켜켜이 쌓여 있는 어떤 날들로 불려가는 동안에도 바람은 불고 배롱 꽃은 피고 또 지고 있는 것인데, 어쩌면 물방개 한 마리가 개구리밥이 떠 있는 나른한 연못을 흔드는 오후처럼 낯익은 혹은 낯선 곳에서 발길을 멈추고

거대한 음모

내 몸 어딘가 보이지 않는 곳에서
누군가 음모를 꾸미는 질긴 오후
왼쪽이 먼저 망가졌다
그러나 통증이 오기 시작한 것은 오른쪽
이름 붙여진 모든 병명은 무시하기로 했다
휘청거리기 시작했다
가로로 세로로 기울었다
물속 같은 세상
허우적거리며
물을 먹고 있었다
꿈속에서도 어둠 속에 서 있었다
그들이 전하는 수많은 말들
혼곤한 잠 속에서도 흔들렸다
기어코
생의 한 가운데서
추방하려는

굿당 가는 길

처음 내딛는 내 발걸음은 늘 뒤뚱거린다 걸음걸이가 리듬을 잃은 다음부터 왼발이나 오른발이나 제자리를 찾지 못하고 발이 아닌 머리로 생각으로 걷는다 집 밖으로 향하는 길 굿당으로 가는 길은 텅 비어 있다 조용하다 하얗게 길만 남아서 저 세계를 열어 보이고 나는 참회진언과 광명진언을 중얼중얼 나무들은 며칠 전 이미 묵언수행에 들어갔는데 산모퉁이 갸름한 길가 취꽃이 시들어 가고 있다

그 섬

아직 당도하지 못한 곳이 있습니다
오래전에 출발했으나 아직 그곳에
이르지 못했습니다

어떤 슬픔

압력 밥솥에 들어가는
얼굴 없는 오리가
가끔 슬퍼 보일 때가 있다

속은 비었고 날개 죽지도 없고 발목도 잘린
오리 몸뚱이가
왜 그렇게 젖어 보일까
온몸으로 퍼져 있는 마지막 눈물이
죽어도 마르지 않은 것일까

내장 없는 갈비뼈에 고여 있는 피 냄새
살아 있었음을 기억하는 어제는
마지막 뼈 한 쪽 맨살덩이에
오래전에 날기를 포기한 날개에
물기로 남아 있는 것일까

날개 없는 사람은 날아오르기를 꿈꾸는데
날개를 가진 오리는
왜 날기를 포기했을까

오리의 전 생애는 날아 보지 못한 날개에
숨겨져 죽어서도 울고 있을까

다시 사랑

주머니 속 송곳처럼 숨어 있을 수 없다
그냥 지나친 간이역
지친 나뭇잎 같은 시절을 지나
헐렁해진 뒷골목에 이대로 주저 앉을 순 없다
걸어온 길들이 사라지고 어디에서부터
잘못 길 든 것인지
내 안에 나 있는 실핏줄 같은 길들 다시 더듬어
그에게로 가는 길 다시 찾아
먼 능선 바라보는 내 마음의
길을 넓히려 한다
입석표 얻어 탄 목적지 없는 여행객
고향으로 가는 떠돌이

온달

아주 가끔
당신은 내게 안부를 묻는다

세상에 떠돌던 많은 슬픔
한 방울 비가 되기까지
수없이 몸 뒤척였을 당신

늦게 당도한 소식은
오래도록 환하다

그런 저녁이면
나는 숨죽이고 살아온 파도
낮게 중얼거린다

나는 잘 있어

기다림에 닳아 버린 손이
지키고 싶었던 것은

잃어버린 신발 한 짝
쓸려갔다 쓸려오는 바닷가에

모래알이 달팽이 알처럼
부드럽고 하얗게 보일 때쯤
나 여기 있어 하는 당신

죄

풍뎅이 다리를 부러뜨려 마당 쓸게 한
청개구리 똥꼬에 입김 불어넣어 배 빵빵하게 한
이사 가는 개미들 일없이 밟아 죽인
그저 지나가는 뱀에게 돌 던진
무허가 건물에서 오리고기 팔아 밥 먹은

어쭙잖은 말들로 시를 쓰고
나는 문어발처럼 버둥거리고 있다

바지락 칼국수

봄비가 무릎을 적신다
연약한 것들이 푸릇푸릇 살아나는데
비를 맞는 것도 나뭇잎을 보는 것도
낯설기만 하다
젊은 부부가 김서린 마스크 속에서
싹싹하게 웃으며 내려놓은
바지락 칼국수 한 그릇

쑥불 연기 자욱한 옛 저녁
풀기 없는 면발에도 비 내리고
바지락부터 오물거리다 뱉은
모래알만 한 진주 두 알
언제부터
제 몸 안에 다른 뼈를 키웠는지
휠체어 가득 축축하다

오체투지

납작 엎드려 본 사람은 안다
순간적인 안도감과 평안함에
다시 일어서고 싶지 않음을
길마다 쌓였을 수많은 적층 위에
육신을 내려놓고 납작해지는 일
죽비소리가 일으켜 세우지 않았다면
노란 민들레나 애기똥풀
선씀바귀 작은 꽃이 되어도 좋았을 그 봄
사람의 길 평화의 길 생명의 길* 위에서
길 잃어 죽음의 자서를 받아쓰고 있는
꿈틀거리는 한 마리 지렁이
죽은 척 등을 말아 세우는 콩벌레
모두 납작납작해지는데
세상 젖은 곳으로
내 안의 푸른 곳으로
몸을 내던지던
사람의 길
시작하는

*오체투지 순례단-사람의 길 생명의 길 평화의 길을 찾아서

황지

어디까지 갈 수 있을지
언제까지 갈 수 있을지
여기서부터다
아니 어디서부터였는지
언제였는지
모르겠다 고인 물이 솟아
참죽나무를 돌고 돌아
아카시아 꽃향기를 품고
흐르고 흘러
낙동강에 닿기까지
을숙도 바다에 이르기까지
먼저 간 시간들을 만나
썩지 않기 위하여
스스로 짠물이 되어야 한다는
마지막 울음

딸에게

숨은 복병처럼 어둠이 찾아오고
넌 그 속으로 급하게 꼬리를 감추었다
불나방처럼 너는 또 다른 불을 찾아 몸을 던지겠지만
빛 뒤에 어둠은 숨고 어둠 뒤에 빛은 숨어서
네가 가는 길마다 널 따라다니는 그림자처럼
선택을 유보한 만큼 갈등은 유효하리라
혼자만의 삶 가꾸기에도 만신창이가 된다는 너

든든한 울타리가 돼 주지 못하고 불치병 환자가 되어 미안하다
그러나 너는 결국 사람들 사이에서 너 스스로 살아야 하는 거 아니겠냐
사회 초년생으로 실수할까 두려움에 떨지 말고 실수 앞에 비굴하지 말아라
엄마는 끝까지 가 본 적 있느냐고 물었을 때 부끄러웠다
다음엔다음엔내일은내일은 하다 보니 여기구나
무엇으로 사는 거 말고 너는 그냥 사람으로만 살았

으면 좋겠구나

때로 바람과 나무와 풀과 꽃과 살아 있는 것들과 잠시라도 눈 맞추면서

오늘도 두통에 시달리는 딸아

제2부

온몸이 기도여서

지리산 정령치

어이쿠
귀가 순한 사내가 계단에서 발을 헛디디고
귀에서 선홍색 피가 흘러나왔다
하늘 맑은 날
세석평전과 천왕봉도 선명하게 보이는 날이었다
쑥부쟁이 꽃들도 파리해졌다
아비는 산사람
무슨 소리든 귀담아 듣는

선은 끊어지지 않았다
기다리면 구조대는 꼭 올 것이었다

유리광전 상사화

그 사람 말고

사랑을 사랑한 것은 아니었을까

그저 그리워만 한 것으로

그저 기다리는 것만으로

피워 올리는 붉은 혓바닥으로

마당을 훔치는 것으로

천 년 전에도

천 년 후에도

사랑을 사랑하고 싶었을까

기도 손

그녀는
웅크린 고양이처럼
옹이진 소나무처럼
경 읽는 소리
흘러넘친다

물 한 잔 마시면서도
미안해요 나 혼자 마셔서
이렇게 고마울 데가 얼마나 감사한지
말미잘 같은 입에 달고 사는 말들이
손가락 마디마디에서 튀어나오고 휘어져

먼저 간 손주 사진 쓰다듬고 쓰다듬으며
두 손 모아 온 마음 쏟아 놓는
그녀는
온몸이 기도여서

기도할 줄 모르는 나도
그녀 옆에서는
두 손을 모으고

도라지꽃

도솔암에 가면 등 달 일이 있을 것이다
돌아가신 지 이십 년이 넘은 할아버지는 왜
그곳에 가 보라고 했을까
인연이 없으면 갈 수 없다는 태백산 도솔암
홍제사 지나 작은 지류 타고 도솔암으로 가는 동안
물속에 잠겨 버린 길을 찾는 일보다
도솔암에 도착하는 것보다
연줄처럼 할아버지 말씀만 두 손에 움켜쥐고 걸었다
사람 발길 끊어져 물길이 되어 버린
길 없는 길을 찾아
수십 번 물속을 오르내리는 동안
온몸이 젖어 무거워진 걸음으로
해 질 녘에야 도착한 도솔암에서
도라지 캐는, 도는 나를 아는 것이라는
그래서 도아지道我知 캐고 있다는 수행자를 만났다
길도 끊어지고 인적도 끊어진 곳
하얀 도라지꽃 몇 송이 피어 있는 것을 보았다

아마레*

한 사람을 사랑하는 일은

제 얼굴을 들여다보지 않고

피는 꽃처럼 온 힘을 다해 웃어 주는 일

아픔을 품어 상처 드러내지 않고

고요한 강물에 물감을 풀 듯

틈새마다 바람이 드나들 듯

온전히 그에게 스며드는 일

*아마레amare: 라틴어 사랑하다

내 마음 내가 다 읽지 못할 때

산길에 우연히 만난 돌무더기가
나뭇잎에 가볍게 얹힌 하늘을
조용히 올려다보고
논둑 밭둑 위에 놓인 풀무더기가
가볍게 말라 가고

소라 귀 당나귀 귀 하느님 귀
까치 울음 가볍게 맺힐 때

나무는 죽어서도 서 있다

서 있고 싶은 죄
어린 목숨을 삼킨 죄

나무를 휘감은 먹구렁이 한 마리
벼락 맞았다

물소리
어미 새 울음소리
극락보전 목탁 소리 끊이지 않고

수홍루를 돌아 나온 바람도
빈 둥지 앞에서 잠시 주춤

나도 검은 나무처럼 오래 서 있었다

저 건너

당신이 건너간 그 강을
기억합니다

뒤돌아보지 않는 당신의 시간
뒤만 돌아보는 나의 시간

아침이면 찢겨질 거미집
밤마다 새로 짓느라 가늘어진
먼저 온 슬픔에
출렁대면서

늙은 거미

저녁 일곱 시
저 홀로 집을 짓고 있다

지붕도 바람벽도 없는
창문도 방도 없는
남의 집만 짓다만 늙은 목수

배가 홀쭉해질 때까지
달빛 그물 짜고 있다

그림자 나이테

촘촘촘 박음질하듯 걸었습니다
길이었던 곳이라 짐작만으로
어둠을 밟고 앞으로 나아갔습니다
멀리 소쩍새 울음소리 들리고
나무들은 딱딱딱 소리를 냈습니다
참나무가 아카시나무가 자작나무가
저들끼리 이야기 나누는 시간이었습니다
몸 움츠린 예각 팔 벌린 둔각
바람 끌어안는 소리인지 어둠 끌어안는 소리인지
나무도 나도 그림자를 만들지 않고
단단해지는 어둠에 등뼈 세우고
여러 개 귀만 열어 두었습니다
어둠 속 바람 나무에 스며들어 흔적을 남기고
나무들은 어디론가 물길을 내고
먼 옛날 한 알의 씨앗
바람 빗방울 한 움큼 햇빛 온도의
디아스포라

저무는 시간

산도 길도 나무도
말이 없다

아버지 몸 깊숙한 곳에
길이 짧아져
저물어 가는 것을

우이동 흙길 위에서
아버지 등에 얼굴을 묻은 여섯 살 아이가 된다
시오 리 읍내 한약방까지
촉촉해진 아버지 등에서 묻어나던 눈물 냄새

팔순에 삼십 센티만큼 남은
아버지의 허기

지금이 영원이다

남아 있는 길

시간은 늘 우리를 배반한다
바라보고 있으면
금방이라도 달려들 것 같은
저물어 가는 산

어느 것 하나
온전하게 남아 있지 않아
스스로를 지켜낼 수 없는
안개 자욱한 들녘에서도
묵묵한 십일월

가을이 지나간 자리마다
잘게 맺힌 찬 이슬들 발목을 적시고
어느 모퉁이를 돌아갈 것인지
차갑게 가슴을 두드리던 지난날의 빗줄기처럼
결코 뒤돌아보지 않는다

가을걷이 끝난 검은 논에
새파란 벼 잎들처럼 다시 돋아나는

내 몫의 길 가야 할 길만이
희미하게 남아 있고

끝이 없는

오직 한 사람만이 한 사람을 지켜 주는 것은 아닌데 그 사람이 전부인 것처럼 믿을 때가 있었다 다른 사람도, 바람도, 햇볕도, 나무도, 신도, 나름의 온도로 그 자리에 항상 있었지만 그 시절 가장 큰 위안이었던 단 한 사람, 바람에 뒤집히는 나뭇잎이 푸른 혈맥으로 절반만을 노래하듯이 이면을 읽을 줄 모르는 또 다른 허기가 되었고 어떤 내용도 채워 넣을 수 없는 백지처럼 그냥 절반은 빈 곳으로 남기기로 한 지 오래였는데 습관처럼 일기 쓰듯 편지를 쓰고 있었다 불명확한 언어로 불확실한 마음으로 바닥없는 강으로 흘러드는 물처럼 시작도 끝도 없이 주소지도 수취인도 없는 편지를 쓰고 또 쓰는, 양귀비 꽃잎처럼 어린 상추 잎처럼 보드랍게 시작하여 끝내 금방 시들어 버릴 말들을 생각들을, 벽 한쪽 구석에서 잡풀도 뽑지 못하는 녹슨 호미 한 자루 쥔 손으로 몇 년째 서툰 글씨를 그리고 있는 것이었다 마치 일생을 다해 써야 하는 이야기처럼

칠성공

박꽃 피는 밤
달빛 밟고 선 왕대나무
흔들리지 않은 만큼
이슬 맺혀 촉촉하다

나갈 곳 없는 곳으로는
그 어디에도 들어가지 않는
바람이 없는 곳에서는
어떤 소리도 없다

오로지
소리만을 위하여
단단한 마디를 열고
다섯 개 구멍에
바람 불어 줄 누군가를

기다린다
길　　다

저만의 울음을 위하여
대나무는
기꺼이 푸른 몸을 버린다

거리

갈 수 있는 거리는 걸을 수 있는 거리와 비례한다
기억 속에 있는 것들은 대부분 그리움을 부르고
어린 시절 가 보았던 곳이나 사람들과 좋은 기억은
짧은 거리의 관계로 남아 있는 것
내가 걸었던 거리는 주로 사람들이 먼저 걸어갔던 곳이다
사냥한 흔적들이 남아 있는 질펀한 거리
검붉은 피나 붉은 살점들이 뚝뚝 떨어져 있던 거리
그럼에도 그것들이 곧 내 몸과 살이 되어 버린 거리
비가 오고 눈이 내려도 그 길 위에 서 있던 사람들의 거리와
나와의 가깝고도 먼 거리거리를 걸으면서 나는 늙어 간다
좀체 좁혀지지 않는 거리와 하나가 되어 버린 거리
그 사이에서

제3부

뿌리에게 가는 길

선물

자유를 잃고 불안을 얻었다
마음대로 되지 않은 것들 뒤로
게걸음 걷는 저녁이 많았다

막차를 놓치고 자갈길을 따라 발끝만 보고 걷던 밤
짐승처럼 푸르렀던 보리밭
스무 살 초입

한 걸음 밖으로
불안에 떠는 자유

임종

사립문 안으로
천천히 기어가는 실뱀처럼 흐르던
또랑물에 살얼음이 얼기 시작할 무렵
어린 손을 조롱하듯 할머니 사기요강이 빠져나가 두 동강 났을 때
나는 눈물을 흘렸던가 혼이 났던가
오동나무 관이 큰방 문턱에 놓인 할머니 때 절은 바가지를 박살 냈을 때
나는 무서웠던가 놀라 울었던가
한나절 고명딸을 기다리느라 마지막 숨을 거두지 못한
할머니 길고 거친 들숨과 날숨만 채워진 집에서
나는 진저리쳤던가 서러웠던가
가 안 올랑갑소 어머이 그만 가시시오
아버지 울음 섞인 한마디에
부모 앞에 갈까 근근이 이어온 목숨이
뒤꼍 감나무만큼 살아온 세월이 감꽃 지듯 스러지고
할머니 무릎 태운 꽃상여

또랑물이 끝나는 섬진강가 소우리밭에 묻혔다
보라 하늘매발톱 꽃 하늘하늘하는 봄마다
집왕거미 줄을 타고 내려오는 저녁마다
끊어질 듯 이어지는 거미줄 위에서
스뎅으로 감싼 할머니의 송곳니가 반짝였다

뿌리가 가는 길

이정표는 필요 없다

청심천 오르는 길목
쓰러진 소나무 한 그루
앞에서

한참을 서성이다

보이지 않는 곳에 흐르는 물줄기

미황사에서

황금 개띠 입춘에
주먹 눈이 솜방망이처럼 쏟아진다
먹구름 속에 달마산은
숨어 보이지 않고
갓 피어난 애기 동백은 하얗게 질렸다

인연이 닿지 않았던
난간 없는 계단 오르지 못하고
절 마당에 서 있는 나

호피 무늬 개 한 마리 낮게 으르렁거리다
단청 흐린 대웅보전 휘감는 눈발 속에서
어미와 목덜미 비빈다

저기 보살님
저 개 이름이

해탈이요

해탈 해탈 되뇌이는데
금강 스님은 입춘첩
봄을 써 주시고

해파랑 길을 걷다

바다 쪽으로 몸을 기울인
소나무들은
사철 귀가 시퍼렇다
살아 보자
살아 보자
가슴을 핥는 차가운 혓바닥에
파도는 늘 혓바늘이 돋고
이기대 해파랑 길을 걸으면서
내 몸도
바다 쪽으로 기울어진다

무슨 말을 하는지
농 바위 앞에서
검은 가마우지 몇 마리
지는 해에 숨을 고르고

물길처럼 쉽게 닫혀 버린
그 사람

파도는 쉬지 않고
나를 핥고
내 귀는 소라 껍질

봉숭아

나를 바라볼 때
나는 비로소 서럽다

손톱 세운 적 없으므로
여름 한철
꽃으로 서 있다

속까지 젖는 줄도 모르고

빈집
새어 나오는 불빛처럼
잊힌 옛일처럼
피어서

나무의 이력

잠에 취한 어제도 내 것
내 발바닥은
모든 것을 차단한 깜깜한
유폐의 시간

두 발은 항상 나란하지 않다
이쪽저쪽에 따로 있다
하늘과 땅을 잇는 빗줄기 속에서
접신하는 나무들
빗줄기마다 씻긴
기억들이 가닥가닥 소리로 살아서

두 발 정갈하게 모으고

변절을 중얼거리는 수국

까닭 없이
시도 때도 없이
외롭지 않았으면
서럽지 않았으면
쓸쓸하지 않았으면
물수제비뜨듯

누구의 생이었을지 모를
뒷간에 누렇게 걸린 부고장들
달빛에 부스럭거리는 걸 보지 않았다면

물어보지 않아서
말하지 않아서
어떤 답도 들을 수 없었던
흘러가 버린 수많은 밤들이여

울타리에 피어난 찔레꽃 어머니 얼굴
올려다보지도
들여다보지도 않았을

몸

나를 배반하고
시들어 간다

망개 잎 말라 가면서

와! 이쁘다
맛있네!
여의도 김종애 시인이 사 온 망개떡을 먹으며
딸아이는
청미래덩굴로 뻗어 온다
보 건너 뒷산에서 어린 연두로 자라
비바람에 흔들리면서 독사탕 같은
빨간 열매로 어린 나를 유혹하다가
망개떡 사 려
배고픈 밤을 흔들다가

햇빛에 빤짝일 때 얼마나 싱싱하게 빛났는지
니 애비 나뭇짐에서 삐져나온 새빨간 명감을
따서 오물거리던 너를 기억하고 있다고

우는 게 벼슬

자정 넘어 지방을 사르는 것으로 제사가 끝나면 동생과 나는 맨 먼저 아무 맛도 없는 닭 벼슬을 먹어야 했다 벼슬하라고 할머니는 죽어서도 꼿꼿하던 닭 벼슬을 인정사정없이 뜯어 나와 동생 입에 물리고 철상을 했다 우리는 할머니의 주문대로 설컹설컹 씹어 삼켰다 걸핏하면 우는 나는

산에는 눈 들에는 비

그 사이에
내가 있었네

짧은 시를 써놓고
나는 무엇으로 있는지
어떻게 있는지
속까지 내주어 커다란 구멍이 나고
허공 한쪽까지 손을 뻗은
마을 앞 당산나무에게 물어보았다

이젠 나무로 살지 않는다고
늙어 가르릉거린다
무엇으로든 그냥 있다고
어떻게든 있어야겠다고
그냥

엄마의 바다

작약 꽃 몇 송이가 있다
부엌으로 들어가는 푸른색 세 개의 계단은
엄마가 들여놓은 바다
낡은 의자 두 개가 나란히 놓여 있다
하나는 날마다 엄마가 앉고
또 하난 까마귀도 개미도 까치도
바람도 앉았다 간다

수만 윤슬이 반짝이는
가 보지 못한 바다

투르기르에서

천년 전 이곳에서 푸른 눈의 여인이 어느 날
저녁 해를 망연히 바라보고 있었을까
미로 같은 골목에서 고양이처럼 보이는 어느 집 문장을 바라보며
이끼가 끼어 푸른 돌의자에 석상처럼 앉아 있었다
더는 앞으로 나아갈 수 없는 걸음
뒤돌아보면 지나온 길이 물밑처럼 환히 들여다보이는
지구를 반 바퀴 돌아
천년의 시간을 돌아 걷지 못하는 사람으로
한 번도 와 본 적 없는 골목에 있었다
십일월의 찬바람처럼 섬뜩한 마음으로
옛이야기에 귀 기울이는 딱정벌레 같은 여인
손수건만 한 하늘 아래서
언제든 죽은 척 할 수 있어 말 한마디 안 통해도 두렵지 않아
천년 세월 찍힌 걸음 아래 닳아 반질반질한 골목 끝에서
낯선 사람들 삶을 그려보며
호기심 가득한 까만 눈동자를 굴리고 있었다

약속

잊지 않겠다는 말밖에 할 수 없는 것이 좀 부끄러웠습니다
아무것도 할 수 없음이 화나고 어이없음을
살아 있는 인간으로서 더 작아지게만 했습니다
그러나 시간이 지날수록 무언가 해 보기는커녕 잊지 않겠다는 약속마저도
희미해지고 그날 얼마나 큰 약속을 했는지 알게 했습니다
이젠 노란색을 보아도 바다를 보아도 슬프지 않는 내 자신이 무섭습니다
함께 울어 주는 것보다 더 큰 슬픔은 그 슬픔을 잊어가고 있다는 것을 알기 때문입니다
아 바다에 다시 바람 한 줄기 일어나는 사월입니다

석모도

폭염 속인데
풀벌레 한 마리 귓속으로 들어와
밤새 울었다
바다는 익숙한 듯 잠들었고
눈썹 바위 및 관세음보살님도
미동 없는데
낮과 밤 섬과 바다
오던 길을 또 가고 또 돌아 돌아도
아무 일 없었다는 듯이 누워 있는 바다
바다가 보이는 방
새 이불처럼 펼쳐진 바다
낯선 곳이지만 낯설지 않았다
이른 아침
참외 세 개 가지 두 개 부지런한
주인아저씨 바구니에 담기고
시나위 대금산조 이어지는데
나에겐 이미 가을이 왔다
여름처럼 조금씩 뒷걸음치고 있는 바다
풀벌레 한 마리
가을을 통째 데려왔다

제4부

지리산 아래 섬진강가

아 나비다
– 토지면 1

처음으로 노란 나비를 본 다섯 살 설레는 손가락처럼 흔들리는 미루나무 아래에서 온종일 바라보던 늘 그림처럼 흐르고 있는 그 강에서, 십수 년 같이 살고도 마음의 흐름을 온전히 읽지 못해 먹빛 그의 등에 기대앉아 물안개에 얼굴을 씻고 새맑은 속을 드러내는 그 강가에서, 두 개의 물줄기가 또는 수만 개의 물방울들이 하나로 흘러 더욱 조용해지는 소리 들으며 강물처럼 매끄럽게 살아오지 못한 우리의 어두운 구석구석 맺힘 없이 풀어 흘려보내고 떠나보내기 위하여 그리고 끊임없이 흘러오는 물을 어떻게 끌어안는지 오봉산 그림자를 어떻게 품는지 보고 싶은 것이다

지리산 아래
– 토지면 2

내 고향 토지면은
언제 어느 때나
들어가고 나갈 수 있는
나의 길이 나 있다
잊히지도 지워지지도 않는
그 길 끝엔
백 년도 더 된 단감나무가
아버지 어머니 첫날밤 이야기를 달고 있고
지리산에서 갓 내려온 산바람과
섬진강에서 올라온 강바람이
우리 집 뒤안 대숲에서 만나
지금도 몸을 섞고 있는
마루 끝까지 기어오른 섬진강 물안개가
서울 생활 사십 년
아직도 뿌리내리지 못한 날
문득 그곳으로 데리고 가는

기억의 강
– 토지면 3

그대와 나 사이에 흐르는
옛 강을 건너는 일은
돌아갈 수 없는 시간들을
흘려보내는 것과 같아서
강가에 홀로 서 있습니다

마음이 가난해질 때마다
그대와 흐르고자 했던 지난날들
들녘 바람을 따라
수천 별빛이 스러지던
그 밤들조차
시간이 더해질수록 선명해지는 기억 속에서
다시 꼭 오고야마는 첫차처럼
고요한 경적을 울립니다

기다리는 일은
풀 섶을 기어오르는 하얀 강물과 같아서
그대를 향한 끝 모를 그리움은
이른 아침 안개처럼 가슴 가득 차오르고

하늘을 지붕 삼은 끝도 없이
이어지던 미루나무 길이
그대와 나 사이의 거리만큼 아득합니다

이 추운 계절이 지나고 봄이 올 때까지
그대와 나는 다시 기억 속 그림처럼
끝없는 강물이 흐르는 것을 바라보는
또 다른 미루나무가 되어 있을지도 모를 일입니다

어머니 반짇고리

– 토지면 4

떠나간 영혼들
함박눈으로 쌓이는 밤이면
호롱불에 어른거리던 어머니
바늘땀이 보인다
굵고 가는 실로 얽혀 있는 무명 실타래와
녹이 슬어 비틀리고 뭉툭해진 바늘쌈이 들어 있던
붉은 매화 몇 송이 피어 있는 어머니 반짇고리
아홉 골 모퉁이 몬당에 묻힌 어머니가
썩은 모과처럼 오랜 시간이 흘러도 향내나는
한 송이 눈발로 날아드는 것은
나이 들어갈수록 살아온 날들이 또렷해져 온다는
어머니 이야기가
내 몸으로 한 땀 한 땀 새겨지기 때문일까
정작 젊은 시절 어머니 꿈은
호롱불에 가려진 어머니 손금
어디쯤 흐르고 있었던 것일까
낙숫물 떨어진 자리처럼 가지런하고 촘촘한
어머니 바늘땀은 또 무엇을 꿰매고 있었던 것일까
겹겹이 쌓이는 눈처럼 두꺼운 옷을 껴입고

고향 집 마루에 앉아

가는 바늘귀에 어머니가 풀어놓은 머리카락 꿰어 본다

저 시커먼 느티나무 밑에 혼자 앉아 있었네
– 토지면 5

그때는 저 운동장이 끝도 없이 보였는디
진짜 넓었는디 우리가 열세 살에 졸업했응께 꼭
사십 년 만에 자네는 처음 와 보제이
나는 울적할 때 가끔씩 여그를 혼자 와 봤네
오십 고개 넘기가 그리 힘들등마
애들은 오뉴월 옥수수 대 맨키로 쑥쑥 크는디
맨날 술만 퍼 마셔서 간땡이가 굳어가기 시작허고
뭣만 묵으면 속이 아파서 얼굴이 시커멓게 타들어갔어
이놈의 노릇을 어쩌야 될지 어치코롬 살아야 되는지
암것도 이뤄논 거 없이 무턱대로 보내 버린 날들이 까뭇해지고
새삼 내가 가야 할 길은 물론이고 내가 온 길도
보였다 안 보였다 하더란 말이시
서서히 술이 깨듯 어둠 속에서도 튼실한 나뭇가지들이 보이더니
시린 별처럼 까만 눈을 껌벅이는 큰놈 작은놈 막내

놈 얼굴이 떠오르고
'이놈아 어치게 허든지 살어야 헌다'
'목심 붙이고 있는 것만도 니 새끼들 지둥이여'
일찍 혼자되신 울 엄니 닮은 치마폭이랑
'자네는 내 고향이여 고향' 입버릇처럼 말하든 깨복쟁이 칭구
자네도 보이기 시작했제
일찍 고향 떠나 객지에서 치운, 채선, 인곤, 영종이
어려운 칭구들 한 형제간처럼 챙기던 자네가
어쩌다 빈털터리가 되어 남의 집 관리인으로 들어갔다고 들었네
자네랑 나랑 졸업식 날 이 나무 밑에서
훌륭한 어른이 돼서 만나자고 약속했는디
흐

어노 어노 할머니
– 토지면 6

섬진강 건너 죽연 마을로 시집간 외딸 고모는 할머니 마지막 가시는 길을 지키지 못했다 고모를 기다리는 할머니의 마지막 숨소리가 하루 반을 집 안 가득 채웠던 그해 섣달 엄마는 무서움증이 들어 뒤꼍에도 가지 못했다 고부지간 정이 유난해서 정을 떼려고 그런 거라 사람들은 말했지만 엄마는 어린 나를 옆에 세워 두고 할머니 출상 준비를 했다 할머니의 빈 젖을 빨고 오랜 병으로 걷지도 못하는 말라빠진 할머니의 무릎팍에서 자란 나는 하얀 꽃상여를 타고 가는 할머니가 금방이라도 가랑잎 같은 손을 내밀어 내 손을 잡을 것만 같아 소리 내어 울지도 못했다 친정 엄마도 없는데 어머니마저 그렇게 일찍 가시면 어떡하냐고 엄마는 상여를 붙잡고 몸부림쳤지만 어노 어노 어딜 가노 어노 할머니를 태운 상여는 멀어지고 눈이 많던 그해 겨울은 고모의 한도 엄마의 설움도 하얀 눈에 덮여 깊어만 갔다.

유언 무언
– 토지면 7

평생 니 엄마만
가슴에 품고 살았다
이 아빠 니 엄마 없으면 안 된다
니가 좀 어떻게 해 봐라
니만 믿는다

나도 아직
엄마 없으면 안 되는데

껍질 벗은 겨릅대

산 벚꽃 핀 토지제를 날아
보현사 앞마당 돛배에 오른
꽃잎 엄마

검정 고무신
- 토지면 8

내 찢어진 검정 고무신은
미꾸라지 드나드는 집
장난치듯 꼬리를 슬며시 흔들어
흙탕물 일으키고
내 비밀을 안다는 듯
수염 난 입 삐끔거리고
내 고무신 한 짝 까맣게 남아
어린 내 동무 집으로 가는 개울가
내 얼굴 또렷이 비치는
아직도 삭지 않는 물살을 만들고

첫발자국
– 토지면 9

낮은 지붕 속으로 밤새
눈발은 마음 놓고 날아와
창호지 문창살 무겁게 덮어 버린 아침
열리지 않는 방문 힘껏 밀고
부스스 나온 동생들
쌓인 눈 속 파묻힌 고무신
짝 맞춰 신고
뛰어다녔던 마당 가득
첫발자국

얼음 동동 뜬 싱건지 국물에 아침밥은 먹는 둥 마는 둥
고구마 익는 냄새 배꼽시계 울릴 때까지
마을 끝 우리 집 앞에
아버지 엄마 눈사람 세워놓고
언 손 호호 불던

종아리까지
청 보리 싹 부르르 몸 떠는 너른 들판
환하던 그 골목

남겨진 밥
- 토지면 10

짐승처럼 논으로 밭으로 산으로
아버지는 한 마리 순한 소였다
흙투성이 땀에 전
한 끼 푸석한 밥이었다

저녁 산처럼 논물에 잠겨 있다
진달래 꽃망울도 청미래덩굴도 은빛 억새도 없는
빈 지게

논둑에서 만난 귀 달린 뱀은 어디로 갔을까
먼저 간 김 선생 정 선생은 만났을까
앞서간 사람들은 기다리고 있을까

되새김질하는 긴 밤

손바닥 샘
– 토지면 11

소 울음소리 들려 소우리라는
섬진강가 소우리 밭
갈 겨울 무 배추
봄여름엔 고구마 토란
엄마와 마른 길 하얗게 걸어가면
겨우 밭머리에 목 축일 손바닥 샘 기다리던 곳
지금은
섬진강 둑이 되어 강물만 바라보는 곳
몇 해 전 물난리로
소 울음소리 다시 들렸다는
안촌 마을 쓸고 갔다는
꿈속 같은
그곳

고둥 소리
– 토지면 12

눈 내리는 19번 국도
섬진강 끝자락은 동면에 들었다.
대숲에 쌓이는 눈 풍경을 만들고 있을 뿐
허기진 강물 눈 꽃송이 통째 삼키고
은모래 톱에 쌓였다
완행버스 차창으로 훔쳐본
느린 겨울날
바다로 가고 싶은 나를 붙잡곤 했다
웅크린 고둥처럼

여백

많이 살았다
아니 많은 일들이 있었다
옳다고 믿었던 것도
억울하다고 생각했던 것도
아픔도 안타까움도 모두
매듭으로 남았는데
풀지 못했다

고인 물처럼 어느 한곳에 머물러
뒤만 돌아보거나 고개 숙여
발끝만 바라보고 살았다

날아가는 새가 한껏 뺨을 부풀린다
바람에 맞서는 것이다
꽃잎이 흩어지고 고요는 깨지고
세상은 여전히 요란하지만
맞서는 자 함부로 흔들리지 않는다

이젠 어디로든 흘러갈 것이다

스스로 나아가 길이 되고
맺힌 옹이들을 쓰다듬어
연초록 잎과 환한 꽃을 피우는
시로 살 것이다
내게 허용된 시간만큼

2021년 겨울
물병자리에서 두 번째 초록별 여행을 준비하는
장 옥 근

해설

저 아름답고 강한 집중

이민호(시인 · 문학평론가)

1. 버팀과 안간힘의 형태학

장옥근은 나무다. 나무 같거나 나무처럼 보이는 것이 아니라 그냥 나무 자체다. 그가 나무의 마음을 알고 있다는 사실을 이 시집을 읽으며 확인하고는 어떻게 그럴 수 있을까, 왜 그래야 했을까 상념에 들었다. 사람이 나무로 변신하는 일은 있을 수도 없고 그랬다는 이야기를 들어 본 적이 없다. 그러다 이내 주억거렸다. 시 세계에서 항용 일어나는 일이 아닌가. 나무는 객관적 상관물이고 시인은 거기에 자신을 투사한 것이니 되는 말이다. 그런데 다시 생각에 잠겼다. 나무가 되는 일은 무엇이며, 나무로 살아가길 선택하는 시심은 무얼까. 그것은 단순히 이미지의 변주라든지 삶의 메타포로 치부하기에는 말끔하지 않다.

이 시집에는 순순히 읽다가도 잠시 멈추길 반복하는 징검다리가 놓여 있다. 개울을 건너 본 사람은 안다. 흐르는 물 한복판 미끄러운 돌 위에 멈춰 서면 빙빙 돌아 온몸이 하늘로 솟구치는 어질머리. 그 어질병이 물에 빠지지 않으려는 버팀과 한 발 더 내딛으려는 안간힘 때문이라는 것을. 그처럼 장옥근의 시는 버틸 수 없을 만큼 휘청거리다가도 다시 곧추서기를 반복한다. 생몰을 거듭하는 달의 행로처럼, 쓰러질 듯 회전하는 팽이의 생리처럼 그의 시는 긴장 상태에 있다.

흔들리며 서 있는 존재. 바로 나무다. 그처럼 장옥근의 시는 나무의 모습을 닮았다. 아니 나무로 재현되었다. 이 수직의 상상력을 로베르 뒤마는 『나무의 철학』(동문선, 2004.)에서 '매혹적인 형태학'이라고 말한다. 특히 바슐라르를 빌려 본질적으로 수직적 조직을 스스로 강화하며 무엇보다도 세 부분(뿌리, 줄기, 가지들)으로 층이 진 형태는 공간의 전체를 주파하며 세상의 축 같은 존재가 된다고 말한다. 그것은 장옥근의 시에 나타난 '버팀'의 형태학이기도 하다. 그리고 대지와 물에서 자양을 얻고, 빛을 향해 일어서기 위해 대기를 뚫고 나가면서 형태는 자신의 주위에 네 가지 요소를 나누어 주고, 우주를 가로질러서 그들에게 자리를 배정하며, 나무가 강력한 상징으로 서 있을 수 있게끔 기여한다는 점에서 그의 시는 생명 현상으로서 '안간힘'의 형태학이기도 하다.

바슐라르는 대지와 물과 공기와 태양열의 네 가지 요소가 나무에서 결합해 근본적인 실체의 동맹을 맺는다고 말한다. 그리고 그 버팀과 안간힘의 형태를 '저 아름답고 강한 집중'이라 명명한다. 그처럼 장옥근의 시는 아름다고 강하다. 혹은 강한 아름다움의 주제학이다. 이러한 틀에서 이 시집은 그를 지탱하는 생명의 뿌리와 삶을 영위하는 줄기와 새로운 길로 나아가는 가지들의 서사가 긴장 속에 조밀하다.

2. 걷는 나무의 신화

나무가 되고자 했던 헤르만 헤세는 나무가 늘 감명을 주는 설교자였다고 고백하고 숭배한다. 특히 나무가 크고 작은 숲에 종족을 이루고 사는 것을 숭배한다. 나무들이 홀로 서 있을 때 더더욱 숭배한다. 그들은 마치 고독한 사람들과 같다고 말한다. 시련 때문에 세상을 등진 사람들이 아니라 위대하기에 고독하다고 베토벤이나 니체처럼. 헤세가 묘사한 나무의 모습은 신비함을 넘어 성스럽다.

"나무들의 꼭대기에서는 세상이 속살거리고

그들의 뿌리는 영원 속에서 쉰다. 그러나 그들은 그 속에 자신을 잃어버리지 않고, 제 안에 있는 법칙에 따라 자기 고유의 것을 채우고 자신의 모습을 완성하고 표현하는 데 온 힘으로 정진한다. 그 어느 것도 아름답고 튼튼한 나무보다 더 성스럽고 모범이 되는 것은 없다(헤르만 헤세, 송지연 옮김, 「나무」, 『나무들』, 민음사, 2000, 9~10쪽.)."

이 '위대한 고독한 사람들'이 지니는 나무의 상상력은 이 시집의 근간이기도 하다. 세상을 향한 시선과 근원을 찾아 영원성을 추구하는 시적 태도와 궁극적으로 자기완성을 위해 정진하는 삶의 인식이 그러하다. 헤세가 이 시집을 읽는다면 '아름답고 튼튼하다고' 했을 법하다. 헤세가 전하는 나무의 미학이 곧 장옥근이 펼치는 버팀과 안간힘의 형태학이라 할 수 있기 때문이다. 그러므로 이 시집이 담고 있는 '저 아름답고 강한 집중'은 성스러운 길로 나아가려는 시인의 신화적 욕망의 표출이라 할 수 있다.

나는 잘 있습니다
걷지 못하는 나무가 가만히 서서 봄여름 가을 겨울을 맞이합니다

빠르지도 늦지도 않게 서서히 갑니다
바라는 대로 고요합니다
아이 울음소리 돈 부딪치는 소리
개 짖는 소리 나와 내가 하는 이야기
옛날과 오늘이 만나는 소리
꽃이 피는 소리 꽃이 지는 소리
문이 열리고 닫히는 자연

섬진강 연어 떼들이 강물을 거슬러 오는 모습이 붉게 보입니다
온 힘을 꼬리에 모아 가을 햇살에 물살을 튕기며 뛰어오릅니다

나도 그렇습니다

—「걷는 나무」 전문

나무는 본래 정적인 수직성의 정체성을 띠고 있다. 이러한 정주성은 비가역적이다. 움직일 수 없는 이러한 실존은 인간의 생태이기도 하다. 인간은 태어나 현실의 속박에서 벗어날 수 없다. 억압에서 벗어나는 길은 의식의 세계에서는 불가능하다. 그런데 나무는 인간 역사 이전부터 신화로 존재했다. 나무는 자기 안에 천상과 지하를 포함하는 우주목이었다. "이 나무

를 통해 하늘에서 불이 내려왔고, 나무는 구름을 모아 엄청난 비를 내리게 했다. 곧게 뻗은 나무는 천상과 지하의 심연 사이를 연결하고 있었고, 이로써 우주는 영원히 재생될 수 있었다(자크 브로스, 주향은 옮김, 『나무의 신화』, 이학사, 2007, 13쪽.)."

장옥근이 나무가 되려는 이유는 아마도 이 신화적 경이로움에 있지 않을까. 나무 신화의 핵심은 영원한 재생이다. 그처럼 이 「걷는 나무」는 우주목에서 변용된 신화라 할 수 있다. 걷는 나무의 이미지는 끝없는 갱생으로 영원히 살아 있는 거대한 나무 우주목의 모습이며 우주의 존재 양식이기 때문이다. 과거의 기억에서 벗어나 새로운 신화적 삶으로 탈바꿈하는데 걷는 나무가 매개체 역할을 한다.

자연의 순환 속에서 나무는 조금씩 움직이고 있다. 어디로 가는 것일까. 분명한 것은 섬진강을 거슬러 가는 연어 떼의 흐름에서 찾을 수 있다. 근원으로 회귀하려는 원형적 욕망이다. 그러므로 걷는다는 것은 근원으로 가는 행위이다. 나무가 현재의 속박을 극복하고 나아가는 것은 우주목의 신화가 지니는 자연의 순리라 할 수 있다. 자연의 순환은 현실의 굴레에서 초연해질 수 있는 이법이기도 하다. 나무와 연어와 시인의 동일성이 만든 세계는 바슐라르가 말했던 실체의 동맹처럼 아름답다.

나무는 걷기까지 '유폐의 시간 (「나무의 이력」)' 속에 있었으며, '이젠 나무로 살지 않는다고(「산에는 눈 들에는 비」)' 자기 부정하기를 주저하지 않았다. 마침내 「저 시커먼 느티나무 밑에 혼자 앉아 있었네」에서처럼 검은 나무의 이미지에 갇혀 있었다. 시인도 마찬가지다. 그의 몸은 그를 배반하고 시들어가고 있었다(「변절을 중얼거리는 수국」).

> 내 몸 어딘가 보이지 않는 곳에서
> 누군가 음모를 꾸미는 질긴 오후
> 왼쪽이 먼저 망가졌다
> 그러나 통증이 오기 시작한 것은 오른쪽
> 이름 붙여진 모든 병명은 무시하기로 했다
> 휘청거리기 시작했다
>
> —「거대한 음모」에서

나무는 이제 서 있을 수 없다. 뿌리가 흔들리는 듯 휘청거리고 있다. 그것은 추방의 느낌이다. 이제 하늘과 땅을 적시던 비는 그에게 내리지 않을 것이다. 그러나 시인은 오히려 음모의 이 거대함을 자연의 섭리로 받아들인다. 그는 죽어서도 서 있는 나무의 아이러니를 자기 것으로 승인하여 검은 나무처럼 오래 서 있었다(「나무는 죽어서도 서 있다」). 이는 죽음의 역설적 섭리가 아닐 수 없다. 검은 나무는 죽음의 상징을 극복하고 새로운 재생을 꿈꾸는 존재라는 것을 역설적으로 증명하고 있다. 그래서 걷는 나무는 곧 죽은 나무의 환생이다. 장옥근은 상징에 갇힌 몸에서 재생하려는 꿈을 꾸고 있다. 이 걷는 나무의 신화는 현실의 고통을 벗어나려는 그의 시적 상상력이다.

3. 나무가 뱀이 되고

장옥근에게 시 쓰는 일은 걸어온 길이 걸어갈 길을 만드는 일과 같다. '도라지가 도아지道我知(「도라지꽃」)'로 변주되는 일이다. 이 언어의 변용은 '그때 거기'의 상징을 해체하고 '지금 여기'의 현실에서 탈주하여 '내일 저기'의 상상 세계를 꿈꾸는 일이다. 이때 길은 끊어진 줄 알았는데 그래서 사람도 끊으려 했는데 그렇지 않다고 도라지꽃은 염화미소를 머금는다. 그래서 그의 시는 상징과 상상, 의식과 무의식, 억압과 욕망, 금기와 자유의 경계를 넘어 전유된다.

처음 내딛는 내 발걸음은 늘 뒤뚱거린다 걸
음걸이가 리듬을 잃은 다음부터 왼발이나 오
른발이나 제자리를 찾지 못하고 발이 아닌 머

> 리로 생각으로 걷는다 집 밖으로 향하는 길
> 굿당으로 가는 길은 텅 비어 있다 조용하다 하
> 얗게 길만 남아서 저 세계를 열어 보이고 나는
> 참회진언과 광명진언을 중얼중얼 나무들은 며
> 칠 전 이미 묵언수행에 들어갔는데 산모퉁이
> 갸름한 길가 취꽃이 시들어가고 있다
>
> —「굿당 가는 길」 전문

나무가 걷는 방법은 "발이 아니라 머리로 생각으로 걷는 것이다." 이 낯선 보행은 발걸음의 체계를 극복하고 상상만으로도 새로운 세계를 열 수 있다는 화두이다. 광명진언이 빛의 만트라, 즉 참된 말이듯이 나무는, 시인은 재생을 꿈꾸며 걷는 것이다. 나무의 묵언은 시인이 지금 여기까지 걸어온 길의 기표이다. 그런데 신비롭게도 침묵의 언어는 참말로 변주되어 걸어갈 길의 기의를 열고 있다. 이는 죽은 몸에 모래를 뿌려 부처가 있는 거기에 다시 태어나려는 소망처럼 신성하다.

이러한 시적 변주에서 장옥근은 '지금 여기'의 시간과 공간에 자신을 드러낸다. 지금 그의 시간은 기억 속에 갇혀 있다. 퇴행하는 시간에 그의 공간은 원형적 심상으로 점철돼 있다. 이때 다시 길을 여는 행위는 치유와 재생의 순환적 궤도로 뚫고 들어가는 일이다. 이때 나무는 걷고자 하는 욕망을 뱀의 이미지로 변신하여 성취한다. 마찬가지로 몸에 품었던 회의는 말로 변주되어 해소된다.

서 있고 싶은 죄
어린 목숨을 삼킨 죄

나무를 휘감은 먹구렁이 한 마리
벼락 맞았다

— 「나무는 죽어서도 서 있다」에서

'나무를 휘감은 먹구렁이 한 마리'는 원죄의 굴레에서 벗어나지 못한 시인의 무의식이라 할 수 있다. 이때 나무를 휘감거나 매달려 있는 뱀이 나무의 일부분, 또는 나무 자체일 수 있다는 생각은 설득적이다. '어린 목숨을 삼킨' 뱀은 무의식 속에 자리하고 있는 금기된 자의식이다. 그러므로 의식의 층위에서 뱀은 나무에서 끊임없이 삭제되는 존재다. 이는 기독교적 상상력 속에 존재하는 뱀에게 지운 원죄와 죽음의 근원에서 알 수 있듯이 이 시에서 죄는 단죄될 수밖에 없다. 그런데 실낙원이 그리스도 부활의 전주곡이었다는 죽음의 역설을 생각한다면 이 시집에서 뱀은 단지 죄의 상징에 머무는 것이 아니라 무의식에 자리하고 있는 시인의 욕망을 표상한다. 그것은 나무의 유폐된 뿌리박

힘을 풀어 주는 탈주의 기호라 할 수 있다.

가을볕이 뜨거운 날
그의 창가에 홀로 서 있는 너를 보았지
그의 숨소리가 거칠게 흘러나와
너의 붉은 목을 감고 있었어
마른 햇살이 내리는 빈 마당 귀퉁이에 서서
이미 타들어 가고 있었지

그의 아내가 그의 손을 끌어다
탱탱한 자신의 젖무덤 위에 올려놓았을 때
젖꼭지만 서너 번 만지작거리곤 손을 떨구었대 툭
남원 스님이 일러준 대로 폐암에 걸린 그의 아내도
할아버지 봉분을 파고 항아리를 묻었다는 얘길 들었지만

그 사람보다 먼저 항아리를 묻었던 나는
다시 자라난 무덤 풀처럼 푸르게 살아나
그날의 검붉은 너를 가끔 떠올리곤 했어
사람이 가고 오는, 꽃이 피고 지는 순간과 경계를

그가 나의 칸나도 함께 가져갔음을 생각하면서
때 묻은 항아리를 묻으며 더 살고 싶다고 빌지는 않았지만
항아리가 깨질 새라 조심조심 밟았던 내 발을 보면서

—「나의 칸나」 전문

1연은 나무와 뱀이 서로를 부르는 관계임을 이미지화하고 있다. 나무와 뱀의 동거처럼 그와 나는 서로를 강렬히 원하고 있다. 나는 나무며 그는 뱀이 되어 뱀이 나무를 휘감고 있는 형상으로 현실에서 성취하지 못하는 뜨거운 욕망을 실현해 내고 있다. 이는 뱀으로 변주된 시적 주체의 변신이 가져온 판타지다.

2연은 나무의 행위다. 뿌리와 줄기와 가지로 이루어진 나무는 가지에 걸린 이파리의 인연을 떨구고 있다. 그러나 죽음은 분리되는 형국이 아니라 한 공간에서 영면하는 것이라는 서사가 나뭇잎이 뿌리로 돌아가는 나무의 공동체적 순환 속에 겹쳐 담긴다.

3연에는 뱀과 나무의 동심체로서 시적 주체가 등장한다. 재생을 향해 가는 시인의 몸이 기억을 딛고 움직이고 있다. 이 걷는 나무의 신화는 순간과 경계를 다 무화시키는 영원성과 무경계성 속에 펼쳐진다.

이러한 나무의 행보는 몸의 해체 이후 온전한 몸을 기억하는 비극을 넘어서는 일이다. 그것을 시인은 삶의 현장 속 '오리의 사체(「어떤 슬픔」)'에서 보았다. 그것은 곧 그가 투사된 몸이기도 하다. 이 환지통幻肢痛의 슬픔 속에서 그래도 포기하지 말라고 스스로를 다독이고 있다. 그래서 나무가 뱀으로 변신하였듯이 몸도 다른 형식으로 변형되기를 모색한다. 몸에 내장된 기억에서 벗어나려는 상상력의 펼침이라 할 수 있다.

4. 몸은 말이 되고

쟈크 브로스는 『나무의 신화』에서 모든 생명의 원천인 나무는 수많은 생명체들을 보호했고, 그들에게 양식을 주었으며, 뱀은 나무의 뿌리를 휘감고 있었고, 새들은 가지 위에 앉아 있었으며, 신들도 이 나무에서 휴식을 취하곤 했다고 말한다. 그러므로 장옥근이 나무가 되려는 욕망은 안식을 향해 가는 발걸음이라 할 수 있다. 이는 그가 태어났을 때 이미 존재했던 단감나무(「지리산 아래-토지면 2」)로 돌아가려는 것이다. 그리고 최초의 원초적 휴식을 되찾는 일이다. 바슐라르는 이를 '다시 태어나는 욕망(가스통 바슐라르, 정영란 역, 『대지 그리고 휴식의 몽상: 내밀성의 이미지 시론』, 문학

동네, 2002, 168~169쪽.)'이라 말한다.

> 그녀는
> 온몸이 기도여서
>
> 기도할 줄 모르는 나도
> 그녀 옆에서는
> 두 손을 모으고
>
> —「기도 손」에서

장옥근은 세계를 모두 나무로 환치시키려 한다. 그 나무는 인간에게 회귀본능을 자극한다. 가장 안온한 상태로 돌아가려는 것이다. 이 시에서 기도하는 여자도 나무처럼 인식하고 있다. 그래서 그 여자 옆에서 나무처럼 되기를 소원하고 있다. 나무는 몸으로 말을 한다. 아니 몸이 말로 변주되는 신화를 내장하고 있다. 몸이 말이 되어야 나무가 곧 뱀이 되어 걷게 되는 신화이다.

그래서 그는 사랑의 의미도 '사랑'이라는 말에서 찾을 수 있다고 믿는다(「유리광전 상사화」). 사람이 사랑의 대상이 아니라 말이 사랑의 대상이 되는 환상을 갖게 된 것이다. 기표였던 것이 기의 자체가 되는 이 변주는 나무와 뱀의 일체와도 같다. 아마 그는 거기서 이 신비한 시 쓰기의 비법을 얻은 것 같다. 기표와 기의가 하나가 되는 일은 말라르메의 시 쓰기이도 하다.

말라르메는 "모든 성스러운 것과 그리 되려 하는 것은 신비스러움으로 감싸져 있다(「예술에서의 이단」에서)."고 말한다. 이 공간은 시인의 개별성이 개입되지 않은 독립적이고 자율적인 울림으로 가득하다. 이처럼 장옥근이 처한 몸의 현실은 시인의 개별성이 개입된 상태로서 독립적이지도 자율적이지도 못하다. 이러한 금기와 부자유에서 벗어나기 위해 말과 말의 관계 속에서 신비롭게 획득된 세계로 나아가려는 것이다.

여름 강을 건너도

질푸름 가시지 않아

무쇠솥에 들어가 푸른빛을

스스로 거두어들이고 있다

언제 가장 푸르렀는지

언제 생의 절정이었는지

그때가 있기는 한 것이었는지

그래도 나는 지금

나를 스스로, 푸른 시절을

죽이고 있다

—「가을 살청」 전문

이 시는 말의 신비한 조합을 넘어 성스럽게 되려는 시인의 인식이 배여 있다. 푸른 몸의 감각을 제거하고 그 상징적 기억에서 벗어나 근원으로 회귀하려는 나무의 행보이다. 그동안 관계 했던 옛 서정적 호흡과 개인적 표현을 포기하고 말들에게 권한을 내어주는 태도라 할 수 있다. 이 시인의 사라짐이 주는 아름다움은 셰이머스 히니의 시에 흐르는 '빛나는 텅 빈 곳'에서 느끼는 몰입이며 집중이다.

장옥근의 시는 내밀하고 원초적이다. 그가 반복적으로 지향하고 있는 지리산 아래 원형 공간도 우리가 태어나 마주했던 나무처럼 아직도 그곳에 존재하고 있다는 믿음을 준다. 그것은 바슐라르가 말한 행복한 무의식의 절대경이다. 그가 나무처럼 지나온 시간은 언제나 흘러가 버려 사라지는 것이 아니라 다시금 기원의 시간으로 들어가는 것이다. 엘리아데가 말한 태초의 어느 때에 생겨난 성스러운 사건의 재현을 가져오는 시간이다. 그것은 신화적 시간, 성스러운 시간으로 영원한 현재로 구성된 장소, 실존의 더 깊은 곳에 자리하고 있는 신화적 순간이다.

매혹시편 3
가을 살청

1판 1쇄 펴낸날 2022년 1월 3일

지은이 장옥근
펴낸이 이민호
펴낸곳 북치는소년
출판등록 제2017-23호
주소 10442 경기도 고양시 일산동구 일산로 142, 427호(백석동, 유니테크빌벤처타운)
전화 02-6264-9669 | **팩스** 0505-300-8061 | **전자우편** book-so@naver.com

디자인 신미연
제작 두성 P&L

ISBN 979-11-971514-7-7 03810